渔网花 著

唱

给

电

梯

女

孩

的

歌

✿ 南京出版传媒集团 南京出版社

图书在版编目（CIP）数据

唱给电梯女孩的歌 / 渔网花著 . -- 南京：南京出
版社，2024. 6. -- ISBN 978-7-5533-4830-8

Ⅰ. I227

中国国家版本馆 CIP 数据核字第 2024VT9880 号

书　　名	唱给电梯女孩的歌	
作　　者	渔网花	
出版发行	南京出版传媒集团	
	南 京 出 版 社	
社　　址	南京市玄武区太平门街53号	
邮　　编	210016	
联系电话	025-83283873、83283864（营销）　　025-83112257（编务）	

策划统筹	李　樯
责任编辑	苏　牧
封面设计	周伟伟
版式设计	石　慧
责任印制	杨福彬

排　　版	南京新华丰制版有限公司
印　　刷	南京工大印务有限公司
开　　本	889毫米×1194毫米　　1/32
印　　张	5.5
字　　数	101千
版　　次	2024年6月第1版
印　　次	2025年7月第2次印刷
书　　号	ISBN 978-7-5533-4830-8
定　　价	49.80元

序：生活世界与灵性书写

路东

  《唱给电梯女孩的歌》这部诗集中的大部分诗，虽然从不游离于对生活世界的个人感悟，但显示在诗人渔网花文本中的生活世界，是个被诗创造性重建的世界，它既不从属于流俗意义的日常经验世界，更不从属于那个以日常经验世界为基础的观念世界。也就是说，它既抵制日常经验世界之平庸，又拒绝欠缺生命灵性的观念世界。就实事来谈，这部诗集中的大部分文本，都显露出了与此相关的锋芒。就生活世界而言，诗的书写相异于哲学的判断，诗人们立身在世，以诗的力量和光照去滋养生活世界，以诗的创造性书写参与生活世界的重建。这种关于生活世界的重建，它总是有待解读的存在之事件。这个生活世界，既可能是共同体的生活世界，也可能只是个人的生活世界。其实，这两者在存在论意义上深度关联着。

  与对生活世界的创造性重建相关，在诗集《唱给电梯女孩的歌》中，诗人关乎生活世界的叙事，大多属于让身旁事物重新神秘起来的发明性叙事，它是非常状态的叙事，有非常的力量流行其中，而日常经验世界的秩序在这些文本中显露出崩溃的迹象。发明性叙事，意味着虚构已成为存在事件，它与人的可能相关时，虚构本身就涉及存在之真。这个世界正在平庸下去，平庸大面积流行，甚至一些诗也迎合这种平庸，在此写作的大语境中，能让身旁熟悉的事物在诗句中重新神秘起来，以此在书写中实现自由，去克服生活中的庸常力量，在生活世界中开启可能的道路，这绝非易事，而诗人渔网花似已能对此举重若轻了。对诗人渔网花来说，尽管这些文本的写作不一定属于难度较高的写作，但读者要领会这些文本不一定没有难度。至少，阅读者要警惕自身在不自觉中成为记忆的奴隶，如此这般，才能自觉地拒绝以往阅读经验的纠缠和制约，从文本中飘过去的"仰泳者"，会失去深入这些文本的机缘。

可以说，渔网花是个禀赋异常的诗人，她的直觉力、感受力和联想力，在把握生活世界的秩序时，可以在相互给予和整合中浑然一体。她高度感性化，如此这般，才会有丰富而幽微的生命情绪，才会有与深渊关联的私密性可言。据说，天赋高的诗人大多有偏执倾向，读《唱给电梯女孩的歌》，我们不难发现诗人生命中某些偏执的痕迹。渔网花认可的那些女诗人如艾米莉·狄金森、皮扎尼克等，都属于这类偏执的人物。与这些人物相同的是，渔网花也从不在乎各种流俗的见识，只写她自己感兴趣的东西，并经由这种写作进入存在之本真。与这些人物不尽相同的是，这些人物其实都受到西方观念世

渔网花 著

唱给电梯女孩的歌

南京出版传媒集团 南京出版社

界的较大影响，而诗人渔网花从不被观念世界所左右，我们从她的诗中，看不到一点概念知识的迹象，连观念的影子都没有，这个事实令我惊讶，她似乎天生具备对观念世界的免疫力。这就是说，渔网花书写的诗句，从不被理性知识暗地里规训，这些句子中，没有沉重的历史力量，文本中显示的生活世界，是一个灵知意味的世界，总有某些不为人知的东西从中溢出。当我读到那些直觉力锋利的句子时，我不禁向自身发问，什么可以从诗人渔网花的直觉中逃逸呢？什么又是那正在出场参与生活世界的重建者呢？我将渔网花的诗解读为生活世界中的灵性书写，那些由来不明、不期而至的诗句，突兀而玄妙，灵气逼人。其实，最富诗性的阐释是：灵性书写，乃是诗人的自我在书写中的绽出。而渔网花的写作，已大致进入了这种状态。

日常生活世界最喧嚣热闹的地方，几乎看不到渔网花的行迹，渔网花的生活印记，常闪现在生活世界事物幽微的地带。其实，读渔网花的诗，我便有这方面的感觉。我曾揣度，她是一个只与极少数人打交道的诗人，从立身生活世界到个人的书写意识，她都是个有能力的诗人，当我读到《镜》《手》《说》等文本时，这种感觉就格外强烈了。显然，令我惊讶的文本远不止这些，只是在这篇简短的序言中，不宜就文本细读充分展开，读者如自行深入这些文本，便自有别开生面的微妙感受。

诗人渔网花的这些诗歌，风格独特，不合常态，灵性充沛。将这些文本置入当下汉语诗歌写作秩序中去打量，从写作意识到文本风格，差异是显而易见的。可以说，《唱给电梯女孩的歌》这部诗集，在汉语诗歌众多文本中，已显示出陌异倾向。

目 录

第一章

有关我和诗的几种方式

第二章

花很饿

第三章

短歌行

第四章

唱给电梯女孩的歌

第五章

夏日或冰激凌

有关我和诗的几种方式

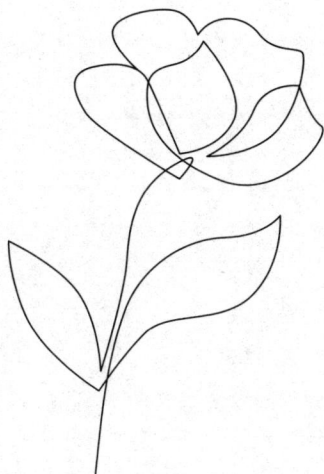

所以一首诗应该诚实
让抽象在现象中扎根
找到或明或暗的理由

明
暗

所以一首诗应该诚实
让抽象在现象中扎根
找到或明或暗的理由

蜻蜓很好看

铁匠铺里
飞来一只火红的虫子
钱师傅打铁
一下，一下
我盯着这把
逐渐成形的铲子
锋利如镜
有谁会注意这件事情
一只蜻蜓在过程中
蜻蜓很好看

右边的诗

我一遍遍地写诗
把存于意识中的诗
一字不改地抄下来
我用的是黑色钢笔

我的胳膊很别扭地
向右拐
我一生都在纠正
这物理性的错误

我想把它扳回来
像球形物体从它们的运行轨道上

向左再倾斜那么一点点
这就是我的诗

唱给电梯女孩的歌

周　末

她想不起来一件事
就先去做
如果想不起来一个字
就直接去写

这往往是对的
一个字就像一个人
她在岸边试探一下
然后决定自己对水的态度

她认定水对这世界的重要性
像记忆于人，今天她将
一些化学物质放进水里
这个闪光的决定将溶于水

一想到她吃进去了一些有效的东西
她更害怕了

她未来会发光

焰 火

那一天
我想这样报答你
满天的花瓣
天上甚至有焰火
落下来掉进水里
变成了鱼

那一天
我愿意像现在这样
坐在水里
在池塘里看你
慢慢地变成了焰火

唱给电梯女孩的歌

献给艾米莉·狄金森

1

艾米莉和狄金森在花园里
数花瓣
叶芝藏在
花瓣的后面
然后我看见
只有艾米莉或狄金森
一个人的足印
除此之外
几乎听不见
夏夜

2

如果你想认识艾米莉
必须记住狄金森
必须反反复复地阅读
一首诗
才能记住其中一个
譬如艾米莉
她在花园里剪花的时候
碰到了叶芝

惊到了狄金森
这隐藏在她另一本诗集
封面中的艾米莉
这小小的阴郁啊！

3

怎么可能不呢？
世界将我们置于呼唤之中
我们朝全世界呼唤
彼此
艾米莉呀狄金森

4

如果你注意聆听
如果你有自己的心轮
你会发现它们如此接近
又如此不同地
转动
艾米莉中的狄金森
狄金森中的艾米莉
一个花匠或水手
站在各自的肩膀上
倾倒出异己

5

草木飞快地吞食了花儿
我的书写也变得周正起来
在白纸上写些什么呢？艾米莉
要过了两天，你才能等来一天
如同此刻。狄金森
于某年某月某日写上："艾米莉
艾米莉　艾米莉　艾米莉　艾米莉
狄金森"
狄金森亲启，春深

致皮扎尼克

我想要这个女诗人的诗
可是我的屋子奢华
叶子从一侧伸出来反抗我
它制造阴影
比阴影更激烈
在漆黑月亮的裂缝下

微弱的光照着河边的抽屉
有人将阴影放进去
随手关上抽屉

唱给电梯女孩的歌

再致皮扎尼克

指甲上有些黑色
有烟雾缭绕之后的痕迹

用极细
极细的笔书写

时间早一点
时间再晚一点

不早不晚的时间
用指甲抠

带着泥垢

钥匙就放在窗子里
你手指够得着的地方

不早不晚
手，不长不短

致敬皮扎尼克

停了一会儿就心生恐惧，
野生的东西疯长

———题记

1

当你被指认的时候
我们相互作用如陀螺
在一根藤条里面

2

超越我
一道阴影蒙上色彩
抵达我
让一片色彩
浸润我

3

我在微醺中晃荡
另一个鸟笼空着
小鸟散落在群众中

4

在开放的态势里
你怎么燃烧都可以
散发着通红的火焰
在烟头那边
玫瑰是玫瑰
火是火

5

我听见或看见
一个细语的动物
我在心里
抵制它

6

我的饮食是草率的
我将痛苦
今天清晨
我遗忘了某种
类似食品的东西

7

许久没有

看到我的影子
黑雪地里
微弱的光

8

我想把这只风干的大黄蜂送给你
它围绕着这琉璃的屋子
疯狂旋转了一星期
今天我在桌布上看到
一些结晶体，眼睛
和一丝漂亮尾巴的纤维
的痕迹

玫　瑰

今夜外面很黑
瓶中的折枝玫瑰很红
和白天一样

我无法洗白
我失去的东西

只要你在
那个不存在的东西

就会隐现
像瓶中玫瑰在花园

鸽 子

早晨跑步时
鸽子总是在我的
奢望中
凌空飞走

只差几步了
鸽子像一个淡定的敌人

望向你
但不致命
它会自己飞走的

而你企图向它走去
但你不是鸽子

至少鸽子相对于你
在关系上
多了些直觉

这直觉的一部分
是我们已经失落的

　　　　唱给电梯女孩的歌

在河边

脑子是物质的
自从鱼死了之后
它就很少思考

眼睛让我们走捷径
我在水里
看见树有长高的倾向
而每一片叶子有沾满鱼的迹象

为了鱼的事情
也许我应该再抬头看天

什么是美丽的

准备从冰箱中取一点酒出来
第一次忘了
第二次拿了橘子、香蕉
和其他一些零食

酒在更大的瓶子里
取它需要点力气
有时候重力
会使我们忘记一些事情

还有
你要准备一个更小的容器
接受剩下的东西

唱给电梯女孩的歌

有关我和诗的几种方式

1

当我看到一首好诗
一个好句子
我就要站起来走动
磨磨蹭蹭
有点冷

2

我们不会碰面的
就像它暂时地
躲藏在我的阁楼里
然后我忘了
踩碎了某些新东西

3

一只猛虎在门庭前散步
如果出现这样的句子
那么我们之间的关系是开放的还是封闭的
我的窗口是否像欢迎风一样欢迎一只猛兽
所以一首诗应该诚实

让抽象在现象中扎根
找到或明或暗的理由

4

当我为每一份虚妄加上装饰音
也许我已经死了

头　盔

我只是在童年穿衣时
悄悄打了一个盹
再走进日光中
就失去了一个早晨

在寻找回来的路上
我看见一只黄色头盔
它外壳坚硬

我把它拎在手中
摊在草地上
朝它里面吹气
像是某种启示
却没有思想

我是否被遗弃
或者是被再次捉住的孩子
在又一个早晨
我抱着它
那只黄色头盔
在熙熙攘攘的人群中
我看见我妈妈

有光沐浴我们

岁　月

我理解的岁月
是一种经历了
现实冷暖之后的
害羞
是从海水的底部
一个鱼跃
至树梢头的
慌张
一切嬉戏
源于纯真的本性
选择一个午后
坐下来
享受和想象
所有生命的未知
如果需要
我愿意自己支付那些账单
就在靠窗那个位置

简单意象，祝你生日快乐

如果可能
我愿意是你
放在手推车里
明天被生下来的
我愿意醒来时
身边有你
我愿意承受这一切
就像承受一切美好事物
一辆在超市门口的手推车
在月光下干净
明亮，而不悲伤
我愿意在里面放一些东西
我愿意从超市买下这意象

局

那一刻有些许震撼

透过中间
看见眼睫毛
看不见的嘴巴
听不见的声音

她缓慢地站立
摇摆并折叠
放进一个小小的袋子
摁上图钉

某些工作
使她看起来
（不能被撕破
不能被掩埋）

星星向上
布满雷区

有时候，它看起来
好像真的存在
不能被吹灭

画　鱼

我给鱼
点上漆黑亮丽的眼睛
开始是一颗
然后至
鱼的腹部
鱼鳞越来越紧
越来越细密

这样的鱼
我探索到这里
也只能打开它眼睛两旁
温暖的小开口
在它的里面
画上鳍和鳃

这样通往鱼内部的方式
这样鱼做梦
会不会梦见整池的河水
在它的脑袋里充盈

这样鱼做梦的方式
这样被整池河水充盈的鱼
真的和人不一样

无花果总是在成熟季节

无花果总是在成熟季节
写下这样的句子
像是人生没有了下文
对于大自然的馈赠
鸟儿们总能捷足先登
从六月到八月
无花果不停地分泌着甜液
土地重新变得肥沃
我的眼睛开始变得富有
秋天
无花果高高地挂在树上
大而残裂
只剩几枚
当我靠近
鸟儿们就尖叫
叫声凶猛
这是初秋的事情
也是它的事情
我有房舍
我安居乐业

天　籁

好的声音
像一个好听的名字
无须记得
也无须歌颂
要不怎么叫天籁呢？

夜 行

那么多废弃的火车
停在哪里了呢？

每一节车厢
躺满了熟睡的人

而火车司机警觉地注视前方
手中紧紧握着一个大花环

唱给电梯女孩的歌

手

很冷
坚持坐下来
一个收纳箱

没有底
没有角
没有边

当一双手错误地翻它
它觉得这双手
翻得空洞

第二章

花很饿

我也很饿

我要腌食这些周末的花

饿

我要腌食这些周末的花
我也很饿

阿伦茨

在很多诗选里
都能看到一个
名叫阿伦茨的人
譬如说他突然出现
手里拿着斧头
他说他要来救你
是的，这就是阿伦茨
像新婚三个月后
失踪的主人
回家来

一只鸽子

在站台
惊慌失措
它飞得太低了
还没有公交站台的
顶棚高

如果是朋友
我会查看它的翅膀
如果我是鸟
我会帮它梳理一下羽毛

而它长时间地
注视我
它正在将我
还原成另外一只鸽子

唱给电梯女孩的歌

有关困倦的诗

令人沮丧的困倦啊！
如果我这时候写一首有关困倦的诗
每天读一句成语
看着路上的汽车疾驰而过
我在自己的窝里
迷迷糊糊地闭上眼睛

黄　昏

房屋很安静
一扇有人脸闪现的窗子
仔细看
另有一片枯叶

那家人晚上不回来了
他们去另外的地方
生活一晚
可我看见他们在淘米做饭

想想它的尾巴、脑袋
和可爱的身段
在某一个黄昏
这可能是一只狐狸干的
狐狸们
还会干些什么事呢?
在某一个黄昏

狮　子

不应该去上班
我应该是一头狮子
一头闲散的狮子
整天想着散步、喂养
或关心一头小狮子
偶尔想到人类
在史前
他们手里拿着斧头
穿过一片森林
追逐另一头狮子
这恰巧是他们的工作

花很饿

花吞食这些
花吞食那些

即使是想象
花也是很饿

我需要花去打铁
去打一把名叫锤子的物品
去劳作

我要看见花像我们家的树
在风雨中弯下腰来
递给我一把盐

我要腌食这些周末的花
我也很饿

无　题

每次被敲碎
乃至被揭穿
世界都为之一振
先是一个
然后是第二个
第三个孩子夜间突然变得冷静
是时候了
决裂的孩子天性烂漫
是幸福的时刻来临了

下 雨

1

一对小鸟
来我的窗前避雨
看它们乖巧地往前挪移
似乎为谁腾出了一个位置
当我们对视
还有什么能配得上这只鸟呢?
除了我的眼睛
我的眼睛也在玻璃后面下雨
在鸟的世界里
我的眼睛在水中

2

在一排电线杆子下面
我发现了一只工具箱
一匹马儿
落在它的上面
有雨下来

缘于一次简单的撞击和渗漏
它苦于找不到一条

可以捆绑的绳子
一些电流
正被一只暗箱包围
有惊雷传来

我走在雨中
渐渐长成一张人脸
我知道
那也不是我的箱子

有大风雪
什么都可能发生

我愿意它下雨
我愿意那暗箱和绳子
我愿意自己是那场雨

3

花开之后
叶子就瘦了

雨淋之后
我回到屋子里

我同时听到了风雨

叶子只能碰到雨
雨能碰到任何东西

一声鸟鸣之后
天就暗了

唱给电梯女孩的歌

花　粉

我手上沾了些花粉
在我侍弄这些花的时候

这是夏天
花园没有蝴蝶
甚至没有蜜蜂

但花粉清晰可见
紧紧沾在我手上
和花上

这个夏天甚至也没有你
留给我的任何一丝回忆

那种失落
就像花粉随意沾上我的手指

阿什贝利

我摘的花都有
绝对的味道
藏于茎管里被
手指合拢，从属于
嘴巴的舌头蜗居
小花想到幼小孩子
头上的蝴蝶装饰物
纸薄得像天花板上的
粉末，灰池里的灰
前者是色彩
后者是眼眸映在此刻
诗人给自己起了个名字
陌生出自一次缘起
有物降生不止于人

044　　　　　　唱给电梯女孩的歌

轻轻的五十克拉

有一天我也会出现在桶里
有一天我们会在桶中放一颗月亮
再放一些水
和月光
哦，我们已经有月亮了
然后我会看见我们的脸
和月亮在一起
像三个过客
然后我们忍不住把水放掉
把水桶拎回家

我 们

我们像一段漫长的旅途
还未开始
先养个十年
然后埋在那里

　　　　　唱给电梯女孩的歌

居

有一处居所最值得注视
它落于忧愁，被旷野拥抱的
一阵黄昏
以及门前被黄昏压弯的草地

我曾被你深深地注视吗?
我严肃提问
你静默回答

我是你的小乖
在黄昏发酵
在夜晚
研制你的烟草

在白天还好

我活着是为了你

我活着是为了你
这显然是一种饮料
我活着回来
你已然离去

我活着是为了你
这不过是黄桃和芦荟的差别
我中途有意将它们混淆
从此我的嘴巴里有了你的味道

今天我看见你站在马路的中央
显然你已经从左边安全离去
我从右边活着回来
我活着是为了你

火车里的小屋
——给火车

今天哪里也不要去了
读读书
写写字
在倦怠的时候
再给你安排一座童年的小房子
而此时他说
亲爱的，我们的房子
它有一点点
晃动

它不适合
在你的火车中

大　雪

今天醒得特别早
好像是赚了时间
睁眼看见一张雪景照片
照片的左下角有片叶子
是一个人
他说
仔细看
一个人走在雪地里
大雪让他的脚步有点变形
在镜头里
像片叶子
贴近窗口的方向

唱给电梯女孩的歌

那些小小的花

那些小小的花
长在一些小小的蕊中
你不能往里面吹气
过了春天
它们会自动变成
小小的粉尘
铺平你前行的道路

每当说到鸟，这一天就没有白过

下午我看见
一个意外之人
来到屋顶
一些小鸟
零乱了一会儿

下午四点和五点以及昨天的分行

四点五十分
从楼上往下看
被绿荫遮蔽的一楼垃圾桶里
有个旧玩偶躺在里面
仔细看是些旧物
现在看又有了变化

五点左右
一个女人手拿着旧物
轻轻地放在旧玩偶的上面
现在它看起来
是一些枕头和毛巾
旧玩偶已经被覆盖了
是一些游戏和生活
那个女人告诉我
我们已经活很久了

昨天上午八点
垃圾桶被一个男人清理过
他穿着一件黄衣服
我看他把一个动作坚持了好久
他在欣赏旁边的花园

现在天黑了

在花园

花太轻了
颜色像一场大火
在这个不断繁衍
和不受伦理制约的时段
有一只鸟
倚在
燃烧的栏杆上
而我太重了

我的心跳模仿了小鹿
小鹿好重

唱给电梯女孩的歌

吃冬青

有一次
我看见
一个人
在吃冬青
她的手指从冬青上划过
像音符
她随手撕几片音符
放进嘴里
我不知她是饿了
还是疯了
想回头给她一些钱
看她似乎很喜欢吃冬青的样子
我一边想
一边走
和她呈相反的方向

她的脚步声回荡
在一片冬青上

大小王，谁是奥菲丽亚

我出的是小王
拿在手里的一张黑白王牌
其他牌静静地躺在桌子上
包括那张大王
脱下它华丽的外衣
搭在椅背上
我惊诧于一场寂静
也勇敢地放下自己
头发
像一把乱草
漂浮在水面上

梦

一个人做梦
会梦见什么
他会梦见屋顶
伴侣和孩子
以及妈妈
想到这里
我快哭了
他不会梦见溪流
溪流梦见的那个人
在水面上漂走了
还带走了云朵
在冬天下雪的时候
他站在雪地上
从未如此平静
他的衣服适宜于整个冬天、夏天、秋天和春天

飞机，飞机

那一次
我想从一架飞机的内部
打开一道缺口
像要打碎一件瓷器
一把茶壶
一朵花

一架破损的飞机
停在我的草坪上
无用但有力

唱给电梯女孩的歌

布劳提根写诗那么好

布劳提根
写诗那么好
手上捧着花朵
站在光影中
你对着红光
有一天
突如其来地
也想试试
长镜头
对准我的
半张脸
另一半
像是已经去了
随一辆出租车

我要为我的睡眠写首诗，晚安！

我在床上睡着了
就要睡着了
只要放下手机
我的血液就会流向地板的方向
或是中途转身
像被另一双手控制
因为在睡眠中
我是那么放纵地
流淌
如果你试着移动我
可能不会那么容易
除非你的神经击败我
绵延在地板上的血液
然后，自己从床上爬起来
走出门去

唱给电梯女孩的歌

中午葵花

我总是在中午
触摸到它的美好
就这样
你坐在我旁边
我坐在你旁边
像是在观赏一部
童年的小电影
透过墨镜
我们同时看见
和学习一株葵花
呈冷色开放
我不好说它是在
重现美好
也不好说它的出现
像真的一样

镜

从正面看
我是一面镜子
不长草
不长花
从背面看
一辈子像跟踪
一个仇人
中途没有回头

给布劳提根的一封信

记得某年夏天
我在信里写到
我知道
如果我一直站在这里
就会形成一汪水洼
如果你现在来到
我的城市
我会稀释你

时　间

有时候在自己家
也不能完全走遍
时间在不同时段
也不能同时领教

丢　勒

突然之间变得神秘
犹如毛皮的光亮
什么时候我们的眼睛
才可以重新归来
不在无主的空间探寻
云朵和手指
理发店里
婴儿的声音
像是未来
在早春的花园里
一步一步地
走近又走远
有什么东西
就要来了

病

八月生病了
我站起来
也只能扶住我的腰部
我想象我的腹部
虽然有些虚弱
但我还能想象腹部以上
及以下的地方
我的头枕在我的胸上
有一些东西正在慢慢膨胀
刚喝了两口药
脑袋有点晕
我还能感受到
一朵八月之花
正在我的头顶
绽放

春天到了

春天到了
想到朋友的离去
天空散了
花朵散了
你散了
我散了
我们飘来飘去
像是随时碰见的云朵
我的脑袋
在去年春天就被撞坏了
山野里开满了白的花

火 车

火车经过
停下
火车经过
一树繁花
火车的重量
正在消解
开往空中
火车经过的地方
正在流淌
我差点又叫了它
那火车

幼　鸟

一只鸟真的会
一不小心
在我面前摔一跤
然后尴尬叫几声飞走了
翅膀压住了
扇动空气的声音

恐惧箱

我有一箱恐惧
目前来说
我对你说过的话
没一句是真的
如果我沉默
真正的恐惧就会裂开来
我在等
也许我会打开箱子
躺进去
恐惧穿上我的衣服
露出灿烂的笑容
是的
它太恐惧了

外婆的音乐

外婆的身体里
发出一种神奇的音乐
老舅就是顺着音乐声找到她的
老舅是个地地道道的农民
他说那音乐很迷人
让他在凌晨三四点钟
在一个死人的旁边
一点也不害怕

素 描

甚至一只描摹的手
也会伤害我
在有着精美花纹的陶碗里
我失去了鳍和鳃
为了一种速度
他又让一只死鸟
躺在我旁边

唱给电梯女孩的歌

烟　叶

其实我想在早晨六点钟的时候
种下那片烟叶
然后再抽下那片烟叶
其实我想在中午没人的时候
再回去看看那片烟叶
因为饱满和激动
我感到自己
只剩下了那片烟叶
我在为一片烟叶做准备
直到我出门看见了那个女人
她出门右拐的姿势
像极了我的那片烟叶
我忍不住告诉她
我在月底要坐火车
去天津
他们说那里的烟叶
期待火和燃
并且空虚

我的手上有一股怪鱼的味道

怎么说呢?
这种味道
是一种无限时间的味道
漆黑的夜里
有一些星星在走
露天的平台上
我和外婆
在宰杀一些怪鱼
直至外婆
听到了那些奇怪的音乐
我妈妈就醒了
我妈妈昨天还来过
谈到鱼的事情
我觉得
很幸福

唱给电梯女孩的歌

祖母的手指

数天
心灵被清空于
某一堤坝的
日落时分

数小时
有人遐想
在一张旧报纸上航行
在同一斜坡上
又被挖掘更深

数年
在某个清晨
祖母的祖母
在她自己的手指上放光
她每日梦想
有事发生

偶 尔

想要只铁桶
再要只轮胎
我把铁桶放在轮胎上面
或把轮胎放在铁桶上面
似乎这样都不行
这些东西还是适合
在外面
偶尔碰见

唱给电梯女孩的歌

说

一句话
一旦说出
就会有
另一句话
终结它
这就是语言
的掩体
和继续

秘　密

到此为止了
我的家人也快
回来了
是谁发明了
我这个
不明所以的物
需要你陪伴
但你不了解我
偶尔又了解
我是你的物
有一双小手
一副肩
和别人不知道的秘密
你将整个身体
压在我的秘密上

　　　　唱给电梯女孩的歌

第三章

短歌行

在光与黑暗交界处
无数的星辰
朝向掌心汇聚

星辰

星辰

星辰

星辰

星辰

星辰

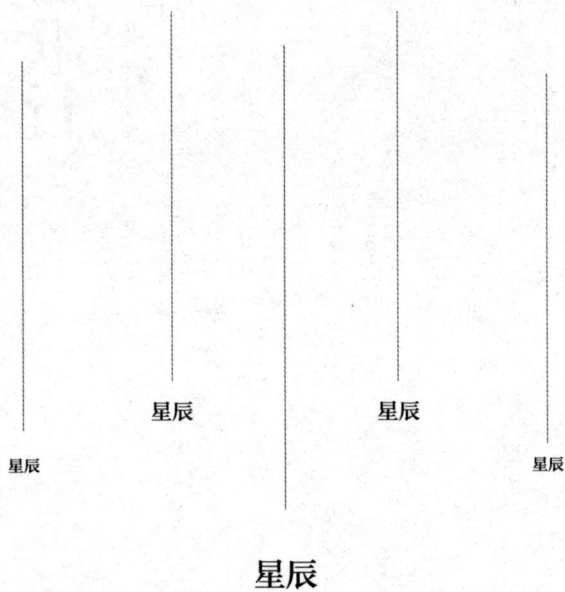

在光与黑暗交界处
无数的星辰
朝向掌心汇聚

雨

那个精准描摹
上梁的人
前面挂的椽子
无缘由地下雨

还俗，鱼

我们是自己的影子
被时光投射到岸上

手里提着鞋子

唱给电梯女孩的歌

梦里写诗

不停地写
疯狂地写

有一天
可能是我把它写进了内心
我没法把它取出来了

这可能是我的最后一首诗

画 家

一群鸟
被画在了墙壁上
犹如时间
定格在一幅画面中
谁在更高远的天空中行走
谁的窗前便开满鲜花

唱给电梯女孩的歌

古老的雨

灰白的，透明的
落在穷人屋顶
和灯下摊开的书页间的
那突然降临的
造成很大影响的
雨棚上沙沙作响的
和突然变老的

创作谈

我无法把我所有的诗
同时呈现在你面前
它就像一条条
暴走的小神经
在暗处涌动或消失
你只能感觉
却无法捕捉

唱给电梯女孩的歌

花 名

早春的雨滴落下
我冒雨去花园
拿回一盆被淋湿的花
她形如牡丹
香气似梅
我甚至叫不出她的名字
但是不妨碍她
香气似梅
我猜她或许有一个
和大部分的花
不一样的名字
她的名字是红色的

墓志铭

可长可短
短于
它的刻刀
长于
它的影子

梦中打水的人

最喜那
叮——咚
一声
中间有很长时间
没有声音
那是梦在下沉

砍莲花

你砍过莲花吗？
迷惑中她伸出手
用她的柴刀
从水里挑起一朵莲花
送给我

光

光均匀地打在我身上
老天，有那么一刻
我觉得我要永生了
头嗡嗡响
是要下雪的样子

收　获

我正在田地里刨土豆
每一个土豆被刨出来时
都会习惯性在地里打个滚儿
然后乖乖地躺在地上
等着我将它们捡到篮子里
如果时间早一点
这些土豆就还没有成熟
迟一点，它们就会老去
并从土地里消失不见
这首诗，也不会像村东头的
一缕炊烟，幸福地飘过
更多的清晨

　　　　唱给电梯女孩的歌

蒙克的微笑

花儿是明朗的
星光是花儿的一部分
微笑也是
但是花儿并不会对人微笑
（事实上人会对着花微笑）
如果是那样
那些从白昼升起的星星
就会在夜空坠落
那是有人
对着星星许愿
星星坠落时，才能
形成你的微笑
星光、鲜花和人脸
混杂一处
一个少女怀抱鲜花
画家顺手将星星点上她的额头

喜 悦

雨落下时
像贫穷乐手的小夜曲
雨滴落在我的眼睛上
它改变了我眼睛的颜色
我看到的一切都很有趣
这是喜悦的颜色

折　痕

我被一种爱中断
一种热烈的情绪
被一页书，暂时
折起一角
我需要这种折痕

万物已降

降温了
我缩了缩身子
将自己裹得更紧
树上的乌鸦呢?
学我打了个喷嚏
降身为零
一桩残留物
冥想中
有一个黑点

初 雪

突然的一辆汽车
它的头顶灯光
模仿一只野兽
野兽身上有雪

狐狸，晚安

狐狸在哪里呢？
每当我第一行写完
第二行就出来个狐狸
话说这也是瞬间的事
你是一只狐狸
快得没有晚安
快得没有早安的
也是一只狐狸

唱给电梯女孩的歌

在花园

在花园
你让我拆解一枝花
我看见有许多许多花掉下来
你让我拆解一个果园
一袭红衣在梦中升起

渔

1

鱼从不掩饰自己
来不及打开双唇
来不及步调一致
当它们各自跃过水面
鱼鳞
像是在水里
刚刚洗过

2

清晨
她穿红裙子
一条草绳
从鱼的红嘴巴里
穿过来
摊在集市上

唱给电梯女孩的歌

迷地，迷地，小兔子

快到小区门口了
他突然下车去捉兔子
在草丛里
兔子更机灵

彩色铅笔里的铅

彩色铅笔里的铅
在木头内部
断掉了
我用这支铅笔划过木头
木头断裂
我用它
划过书上的一句名言
一个人的生活
就此
变得曲折而动荡
最后在铅笔写下的
所有句子里
逗号的长度永远
短于句号
大于色彩

星

将光捧在手上
蒙在眼睛上
在光与黑暗交界处
无数的星辰
朝向掌心汇聚

站 台

那一刻有风
她随风晃了晃手指
现在，心有所属
像一列火车
你，恰巧是一个站台
随风停留了一会儿

阿巴斯

一位女性在跑步机上
快速奔跑
我躺着，从取景框里
审视着一波跃动的肚皮
阿巴斯
在拍电影的闲暇
写了一些诗

笃 定

是你创造了我
我说的不是某个人
或两个
我说的是那个创造我的人
他用笃定的眼光看着
世间人

月　亮

当我无所事事的时候

日光，是那么
平和而又强烈

到了晚上
一直到晚上
都未曾改变

看鸟儿的十一种方式

1

当一只鸟儿发现自己不是鸟的同类
站在鸟群中
旷野中
它变得恐惧
不再恐惧
它凝视

2

当一个女人以鸟儿的姿势
蹦蹦跳跳
喜悦地唱歌并
大笑
男人就会以自身的骨骼
回馈或偿还

3

从昨天睡到今天
有十二个小时
之多
鸟儿呢？

4

以删除键删除
或以食指和中指的名义
人们饮食或欢笑
或悲苦
试着想让自己再多收获些什么
包括爱
付出更多的
爱

5

抱抱自己
在瑜伽中

6

如果你想我
就打电话给我
鸟儿则
从一棵树飞到另一棵树上
它们的鸟巢
以绝对的隐私被庇护

7

有一些事物高高地挂在树上
如果你在高速路上
眺望农庄、菜园、杂乱的家什以及
鸡棚

8

有一些鸡走动
鸭子在水里游

9

最基本的
最主动的

10

这首诗写完
我要放飞我的鸟儿
两只鹦鹉
一只灰色
一只接近于灰色

11

两只鸟笼送给你
如果你觉得奇怪
我就叫你亲爱的
我爱你

小鸟极简史

1

阴天
对面的屋顶和平时一样
有一两只小鸟飞过
几乎没有声音
没有声音的鸟
你一眨眼
你以为是鸟
没有声音
你缺少一种判断力

2

我看见一只鸟
在屋顶上踱步
已经很长时间了
照理说它们有时候也
三三两两地走走停停
然后飞起来
但这一只没有
瓦片是黑的
除了没飞的事物
天黑了

3

这三只
明显是多了一只
就算是这片风景
也是第三只选的
它选了这附近
最漂亮的屋顶

4

当季节怀疑自己
鸟依偎在它们的
花冠上面
冰冷或炎热
我将头
靠在玻璃上面
温度
让一只鸟暂时地留在这里

第四章

唱给电梯女孩的歌

她是个跳舞的女孩

她以为她是在独舞

跳 舞

她是个跳舞的女孩
她以为她是在独舞

电梯女孩
——给下楼的女孩

她进来就开始跳舞

不停地跳

她只有十四岁

电梯悬空时

她在十八楼

她试探了一下

她没有跳

她是个跳舞的女孩

她以为她是在独舞

其实不是

电梯监控室的大爷

看见了她

他在抽烟

烟叶让他

流下泪来

抽　屉

在六月里
我找不到一把
指甲刀

在四月我不知
把它放在了
哪里

大概它吞进
又吐出的指甲

把它又重新带回到
自己的宿命里

　　　　唱给电梯女孩的歌

冰　箱

在极度安静的时候
它突然发出的声响

它极度自我的尖叫
天真的它
像球场上古怪的顽童的哭闹

像有一双手在它的里面
撕扯，像饿

在电的作用下尖叫

守门人

午间熟悉的影子
自白墙上抓起
"喂，你是谁？"
单位细小的物，热饮
散落于杯盘桌面
值班簿上常年写着：
"平安无事，
某某，
于某年某日"
偶尔有事的那一天
是你的事故日
今天这里平安无事

唱给电梯女孩的歌

厨 艺

洗干净了
浸泡过了
一条未能及时蒸煮的鱼
半开的肚子
躺在一个半干的地方
它对我们产生了
忍不住的
怜悯和冲动

渔夫和苹果

一个渔夫来到苹果地里

他站在苹果树下
这是我的果园

我远远地看着
那个渔夫和我的苹果

苹果还未完全成熟

苹果和鱼不一样
他束手无策

头 发

你的声音
你的提问

我的心一点也不疼痛
但我的每一根头发

都在清点自己

我留着头发
是为他者留有余地

我丢失了一件东西

她的心像明镜
只有路过的时候
才能看见她的身影

如果镜子很小
她也只能看到自己的脸

她出现在珍·罗伯兹
眼睛凝视的地方

珍·罗伯兹瘦小、苍白
像一个精致的日本女人

如果珍·罗伯兹用的
是自己的照片做头像

那她
肯定也写诗

一只幼蝇飞过
那只幼蝇小到
还没有繁衍出一些坏东西

哑 巴

翻一本书
看见我指甲划过的地方
一道指痕

就像一处老房子
我已认不出
也不熟悉

但它就在那里
我曾经去过

曾经感动过
就像一个多年不见的哑巴

他说着比画着
我认得他

也猜得到
它是一首诗

生活发明了词，生命没有词

读罗贝托·波拉尼奥的一首诗
我从未听过我妈妈讲过什么污秽的词
除了她短暂的发病和更年期的时候

每个女人都会迎来这么一段艰难时光
即使做减法，一减再减
这样的时光也会越来越短
越来越少

直至没有

即使你从未讲过这个词，即使
当时光已经消耗殆尽

它成了一个词，生活发明了词
生命没有词

唱给电梯女孩的歌

维纳斯

入冬以来
已经有一段时间了
我身体左边的盆栽
有一点刺痛
右边窗台上
一尊缺手的维纳斯
线条流畅
不喜意外之事
也不涉及他人
门背后有雪，关于
维纳斯也有一些谣言
她去过哪儿？以及
她现在怎样了？

亮 光

我们怎样用
诗歌、绘画、雕塑的语言
表现一只蝴蝶的飞行
这就像是一条鱼
怎样用内心的汹涌
维持水的平衡
在凌晨三四点钟的夜里
晨雾使蝴蝶的飞行
变成一道亮光

蝴蝶飞

我看见
有蝴蝶在飞
一眨眼
估计是
一对

我不停地敲击
有汗水流下来
我的手指像一个波纹
我的手
不相信这些

想念楼下的白花
一整棵大树
当秋之将尽
风吹叶落的时候

我坐在原地
看见蝴蝶和鸟儿齐飞

大人物

和每一个亲戚握手
并弯腰告别，在微笑中结束
一场由他组织的
年夜饭局，
面对晚辈爱意的奉承
不忘调侃两句：
"时间不够向大家挥手致意，
就这样啦，再见！"
他就是我的父亲
他看着我一点点长大
我看着他一点点变老
我以后要对他好一点
写下这一句时
我突然有点伤感

乙醚，致牙科诊所里的一位女孩

她刚刚哭过
有许多残存的乙醚
驻留在她的空牙床上
每一口呼吸都充斥着
陌生和奇怪的味道
她的神情呈现出一种
超越她年龄的疲倦
我在一旁
开始不安
在未来
肯定还有许多
重要的事情要显形
像乙醚
更多的乙醚
然后我开始安静
一颗疼痛的牙齿不算什么。
重要的是不能老得太难看
不能老得太仓促
尤其对女孩子而言

屋中的小孩

把眼睛埋在双手里
眼睛里有薰衣草

把眼睛打开
又变成散漫的萤火虫

在微苦和咳嗽当中
间或吹着口哨

鸟儿胡乱地鸣叫
一天天陪着

窗外不知姓名的人

青春咖啡馆

我看见过一张关于小说
《青春咖啡馆》的布告
它贴在临街的
一棵大树上
布告上写着：
"这棵树很危险，
它最近将被砍伐，
或者成为一部电影。"

宣传画

有人在一面墙上
画了一张庞大的脸
我认识这张脸的主人——
一个漂亮的女人
有着显赫的家境
却爱上一位贫穷的画家
最后被画家画在了墙壁上
我每次经过这里
都会看一眼她
如果这张脸能
缩小二十英寸
再缩小三十五英寸
她就有可能
变成一面镜子
放在梳妆台上
我就会每天在镜子里
看见自己

萤火虫

月光使树木的阴影
变黑
面积则随时间的流逝
变大
描写它们关系的语言
显得铺张了一些

一个年幼的孩子
从房间里跑出来
在两者之间蹲下来
捉一只半透明的萤火虫

有关诗的诗

1

忍不住
写了几行
像一个裁缝
在一块很小的布上
发现一个婴儿

2

在海边听说的诗：
一只沙滩凉鞋
在梦中拍打
夜夜拍打
另一只
沙滩凉鞋的诗

3

诗让人厌倦
它让人厌倦到极致
它拽你胳膊
它让你写一首坏诗

4

一首诗
只能在未生
之物中诞生

5

一首诗应该是被
雷电击中
如果我们给每首诗
取个温暖的名字
石头也将
隐入其中

6

缓冲
对着空
旷
喊了
一声
没有大声

7

二行诗的形式如下：

一朵大花的头掉了
佛在诉说不安

8

三行诗是另一种形式：
到哪里
哪里就不想动了
到哪里了呢？

9

看诗
在静谧的一瞬
你把一首诗看完
很偶然地
你看完了一首诗
一首沉溺于自身的诗

10

一个人
无法在一首
未完成的诗中徜徉
那是他自己的诗
他渴望有人
拉他一把

11

我改了一本我喜欢的女人的诗集
除了她封面上的脸的妆容
一个男人说她写得不好
于是我又去买了本新的

12

我想把我所有的诗
都写在皮肤的最浅层
当汗毛放大后
诗巨大，像建筑
我拥有这些
我住在那里

13

想要一首短的诗
或它落下时
隐秘地叹息

14

一张白纸
正面一旦被书写了
反面就不再有灵感

陌生的言辞或书写

读一本老书
我习惯性从后往前翻
这样会不会是在
某人的文字中回溯自我？
在倒叙的断句中
找到一种快意和陌生感
或大多数人爱谈论的
年轮旋转中的韶华易逝

还好，起码目前的年纪
我们是安全的
不嗜睡，也不刻意
回避什么
喜欢在一个下午
爬到一棵树上
摘几片树叶，看看四周的风景
然后把书合上

唱给电梯女孩的歌

乌 梅

我喝着乌梅汁
在白天

晚上我喝剩下的
乌梅有血

想起那些有色的树
通过它的果实

证明自己

释放乌鸦

一片天空
一小群乌鸦
我们就这样坐下来
继续着从前的生活
但学会了歌唱
在就餐前
我们使用刀叉
一场餐前手术
源于梦
在梦中
人们叫我
我们在试着释放
乌鸦

　　　　唱给电梯女孩的歌

童话精灵

如果你再小一点
——比你的孩子还要小
比一只布娃娃更小
或者你再虚弱一点
比九十八岁的奶奶还要虚弱
就能看见精灵
精灵有一对透明的翅膀
因为透明看起来比奶奶虚弱
精灵虚弱在自己的透明中
无从躲藏，也无从遮掩
她不穿衣服
一个褪去衣服的精灵
褪去的是生活中
无意义的成分
精灵坐在小床上
模仿一个人的笑意
这份笑意也是透明的

只有寓言了

一只公鸡上了一辆汽车
它很淡定地在人们的脚边啄食
它不慌张
也不兴奋
更不知道自己正在旅行
这是一只幸运的公鸡
以至于现在的人们
看到一只在旅行的公鸡
也不再惊讶了
因为在此之前，有一只
母鸡也这样旅行过

第五章

夏日或冰激凌

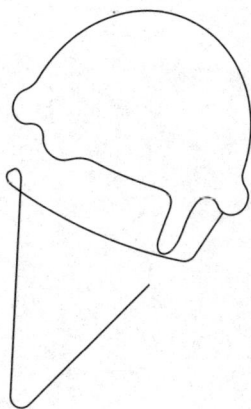

他将他的手指放在眼睛上
发现光明和黑暗可以相互交替

光明
黑暗

他将他的手指放在眼睛上
发现光明和黑暗可以相互交替

夏日或冰激凌

1

我的手指是凌乱的
为某一个指令
或为某只手
在柜台上
我的手指是有价的
黄金为此而说谎

2

第一次发现手指的人
他将他的手指放在眼睛上
发现光明和黑暗可以相互交替
他移动手指，睁开
或半闭上眼睛
在此之后的生活中
他所有的发明和创造
都没有大于这个游戏

剪 刀

像收割庄稼
我开始收割我的头发

因为没有什么修剪过的东西
适合我的脸

我在收获
我的脸越来越显露

怪而美丽的剪刀
它空闲的时候都在干什么？

奇 异

我把你放在一边
就像是奇异生出根
有一天开出一朵
不一样的花来
将一朵受伤的花朵
放在另一朵上
而你以为它们是同一朵

发　烧

发烧的时候
一朵小花拼命地
向我探视

它被我
身体的温度所吸引

它是紫色的
连在一棵
属于自己的根茎上
动弹不得
茎上有众多姐妹
它们一起转头
望向我

　　　　　唱给电梯女孩的歌

新花和旧花

在旧的花里
插进一些新的花
把水换掉

新花和旧花
在夜的光线里
发出异样的色彩

那些最先掉落的
花瓣和剪掉的花茎
又堆积在一起

像被混淆了
某种界限

门

我一生只飞一次
但我没有飞

靠吃带我到达目的地
我吞咽，我咀嚼

甚至于幻灭了语言
我用沉默代替夜晚

有时候晚睡是
一切事物的终点

风 景

秋冬摸摸它的枯枝、叶子
已经不可能再将它们放入水中
有谁会再为一片枯叶塑像
在秋冬
瓶子是冰冷的
鸟是自由的
鸟的栖息之地缝隙变大了

就像那个人
在空旷之地用鼻尖打鼾
其他人则在心里描摹雪

有谁这样描述过冬天?

致一只邻居狗

一只狗快死了
早晨，我下楼时
它趴在楼梯口
静静地看着我
眼里有泪

因为我喜欢另一只狗
它的同伴
比它漂亮
也比它讨人喜欢
那只狗能很快地和一群陌生人
成为朋友
并能将你扔向远处的任何东西
叼回来
摇头摆尾地还给你
邻居都喜欢那只狗

可是今天
这只不受我宠爱的狗
守在我的门前
深情地看着我
像一次道别

唱给电梯女孩的歌

因为它快死了
因为，作为一只
活在人世的狗，它今天
对我饱含深情

索 引

我需要一把螺丝刀
引导另外一把螺丝刀
它里面有一根线断了

但有谁会同时拥有两把螺丝刀呢？
一个错别字碰到另一个错别字
对不起，你对了，是的

有些人一生都不需要一把螺丝刀
他们收藏另外的铁器：斧子
刀子、锯子、尺子，另一把尺子，如果他是一个木匠
他可能有两把锯子

如果他有一只工具箱
那他肯定有不止一把螺丝刀

有人认识木匠吗？

路 段

那天我在车流中
看见一个扮作女人的人
站在马路靠右的斑马线上

他怀抱一个婴儿
一动不动

我今天路过这里
希望还能看到
这场行为艺术
但是今天这里什么也没有
只有汽车开得飞快

我也快速离开了

在时间中破碎的

最初，一个人的时间
是完整的
像一块刚出炉的面包
或者一块刚扯回来的桌布
我们用它煮水
烧炭
还用它学习很多貌似
无用的记忆
（事实上的确无用）
现在，我们只能用一把破碎的时间
随便拼凑一些
失败的人生阅历和
一些似是而非的生存技巧
然后将这些无用的经验
传授给孩子们
而我们的孩子，对这些
经历而来的
生存技巧和人生经验
并没有多少兴趣
他们只对破碎本身
存有想法

蚂蚁的心

1

刚来到你的面前
就跌倒在你的怀抱里
一个浪头袭来
敲碎了所有的细枝末节
堤岸上
一瓶未开启的蜂蜜
甜死一百颗蚂蚁的心

2

不停地疯狂地
三天两头地
我有时就深陷在
一杯茶的时间里
一支烟的工夫里
一把宽大的椅子里
一部碟片的陷阱里

煤气灯下
英格丽·褒曼的面容里
35℃小蚂蚁的身体里

3

一口一粒面包屑下去
我就知道她快疯了
走了半里地
摔了一跤
为了送她小女儿一片
飞蛾的翅膀
她的肺快坏了
走路的时候透着风

在屋顶

谁也不能走遍
家中的每一个角落
如果再搭配着足铃
我也许能回忆起
赤足走在草地上的年月
野葡萄在屋顶上不停地生长
五年来结着细细的果实
鸟儿啼叫的间隙
有风呼啸地吹过玻璃
蓝天上急促飞翔的鸽子
在天空边际
显现一层流动的奶糖色

秋意浓

天色暗下来了
水壶里的水也在平息
我渐次感觉到的温暖和凉意
一阵大风吹来
阳光变得忽明忽暗
我的心开始警觉
我听到了一个赤足的声音
我起身倒了杯茶
如果有一杯咖啡也是好的
可总有另一个祖先在沉睡
手里拿着斧头